DISCOURS

EN VERS

PRONONCÉ

A LA DISTRIBUTION DES PRIX

DU COLLÈGE DE CHARLEVILLE

LE 31 JUILLET 1879

par M. ÉDOUARD CHANAL

AGRÉGÉ DES LETTRES

PROFESSEUR DE RHÉTORIQUE

CHARLEVILLE

EDOUARD JOLLY, LIBRAIRE-EDITEUR

GRANDE PLACE & RUE DU MOULIN

—

M DCCC LXXIX

DISCOURS

PRONONCÉ

PAR M. EDOUARD CHANAL

LE 31 JUILLET 1879

DISCOURS

EN VERS

PRONONCÉ

A LA DISTRIBUTION DES PRIX

DU COLLÈGE DE CHARLEVILLE

LE 31 JUILLET 1879

par M. EDOUARD CHANAL

AGRÉGÉ DES LETTRES

PROFESSEUR DE RHÉTORIQUE

CHARLEVILLE

EDOUARD JOLLY, LIBRAIRE-ÉDITEUR

GRANDE PLACE & RUE DU MOULIN

—

M DCCC LXXIX

Estote viri !

Mon discours se résume en deux mots : *Soyez hommes!*
Oui, soyons tous esprits vaillants et gens de cœur !
Mais surtout, mes Amis, soyons ce que nous sommes,
Et ne rendons jamais les armes au Moqueur :
Il ne mérite pas qu'on l'estime ou le craigne !
Voyez comment le juge, en son piquant écrit,
Le moraliste aimé, qui peignit le Grand Règne :
« *Moquerie est souvent indigence d'esprit !* »

La sentence pourtant n'est point assez sévère :
Faire la cour aux sots, aux lâches, aux méchants,
N'être ni généreux, ni loyal, ni sincère,
Ne flatter en autrui que les mauvais penchants,
Venger sur les talents sa haineuse impuissance,
Dénigrer sans relâche et n'applaudir à rien,
C'est l'œuvre du Moqueur, son but, sa jouissance :
Trouvez-vous que sa vie est d'un homme de bien ?

Arrière les moqueurs ! la cause est entendue :
Fuyez leur âme sèche et leur cœur envieux,
Et leur ricanement amer, parce qu'il tue
L'enthousiasme saint, qui brille dans vos yeux !

« Est-ce un mal, direz-vous, que la jeunesse rie ?
Aimez-vous mieux nous voir l'air maussade et chagrin ?
Confondez-vous sagesse avec hypocondrie ?
Nous sommes le printemps : notre ciel est serein :
Voulez-vous, sur nos fronts, amassant les nuages,
Dans un précoce hiver ensevelir nos ans ? »

Je vous réponds : le rire est admis chez les Sages.
Leur maître à tous, Socrate, aimait les mots plaisants.
« *Rire,* » professe un autre, « *est le propre de l'homme !* »
Ce prince des rieurs était un médecin.

Dieu refusa le rire à la bête de somme :
Donc le rire est humain, il est utile et sain !

La gaîté, mes Amis, est une fleur française,
Ancienne en nos climats, comme le vin gaulois :
Sur un sol généreux elle foisonne à l'aise !
Le César triomphant peut nous dicter ses lois,
Attila peut fouler l'herbe de nos vallées,
Le Normand sillonner nos fleuves asservis,
L'Anglais soumettre au joug nos cités violées,
Vingt fois l'envahisseur peut souiller nos parvis :
Les échos des palais, des cités et des fleuves,
Font entendre, — effaçant toute sombre rumeur, —
La France survivant à toutes ses épreuves,
La France au ris joyeux, la France en belle humeur !

« Race vaine et légère ! » ont dit de fortes têtes.
« Peuple armé d'une foi robuste en l'avenir, »
Répliquons-nous, « au cœur plus haut que les tempêtes,
Et qui du ciel reçut le don de rajeunir ! »

Si les peuples, suppose un de nos grands critiques,
Ouvraient un solennel congrès des beaux-esprits,
Poètes ou penseurs, modernes comme antiques,

Pour démêler entre eux le plus digne du prix,
La France à ce congrès députerait Molière,
Molière proclamé l'auteur national !
Bonhomie et gaîté, verve primesautière,
Coup d'œil observateur, bon sens original,
C'est tout l'esprit français, qu'on aime en ce poète
Exempt de scepticisme et de malignité,
Qui joua nos travers, mais, d'une main discrète,
Sans la noircir jamais, peignit l'humanité.
D'un art puissant et vrai la profonde harmonie
A fait rire d'Alceste, et l'a fait estimer !
Et le secret, Amis, d'un si grave génie,
C'est qu'il connaissait l'homme et qu'il savait l'aimer !

Restez concitoyens de notre grand Molière :
Le respect du prochain sied bien aux jeunes gens :
Que ce soit, mes Amis, la vertu familière
Et le premier souci de vos cœurs indulgents :
Que votre franc sourire ignore le sarcasme !..

Si l'homme a ses laideurs, il a ses beaux côtés,
Le génie et la foi, l'amour, l'enthousiasme :
L'Ange déchu survit en maintes qualités :
Sur l'abjecte matière il reprend sa victoire !
Tour à tour sa faiblesse ou sa grandeur confond :

Aimez-le : pénétrez les leçons de l'histoire,
Et ses obscurités pleines d'un sens profond !
Croyez donc au progrès, car c'est la loi divine !

A travers les écueils qui l'attardent souvent,
La vieille humanité sûrement s'achemine
Vers la plage idéale, où la porte un bon vent.
Son pilote, c'est Dieu ; son but, c'est la lumière,
Le repos dans la paix et dans la liberté,
Le retour fraternel à l'union première,
Où le jeune univers sentait sa parenté !
Croyez à l'avenir de la famille humaine,
Et qu'elle a pour destin d'embellir son séjour :
Pendant que la science élargit son domaine,
Les préjugés vaincus lâchent pied chaque jour.
Les siècles, en leur course, emportent l'esclavage,
Et le serf étonné s'éveille citoyen ;
L'homme civilisé, protecteur du sauvage,
Dans le nègre affranchi reconnaît un chrétien ;
L'existence est plus douce aux humbles créatures,
Plus sereine la Loi chez l'homme plus clément :
A l'abri des bûchers, à l'abri des tortures,
La pensée et la foi s'affirment librement.
La Guerre, legs maudit de Caïns sans entrailles,
Honteux anachronisme en ces temps éclairés,
Voit limiter le champ des sombres funérailles :

Pour le vainqueur hautain il est des droits sacrés !
Quel Age finira le règne de la Guerre ?...

Mais, je m'arrête ici, mes chers amis, je sais
Ce qu'il nous en coûta d'être aveugles naguère,
Et que fermer les yeux n'est plus d'un bon français !
Je sais que celui-là trahirait la patrie,
Qui vous dirait : « vivez, sans souci du danger, »
Et qui ne verrait pas l'herbe de la prairie
Marquée encor des pas sanglants de l'étranger ;
Qui pourrait oublier la France terrassée,
Et ses meilleurs enfants, depuis le jour fatal,
Pleurant sur le tombeau de leur gloire passée,
Et rencontrant l'exil à leur foyer natal !
Je sais que le progrès peut suspendre sa marche,
Que la force est maîtresse, à de certains moments,
Et qu'il nous faut le temps de reconstruire l'arche,
Qui doit dérober l'homme aux sombres éléments !

Je vous dis : Espérez ! L'éternelle Justice,
Réserve aux invaincus des retours décevants,
Et, pour sortir de l'ombre, attend le jour propice :
Son exil est suivi de rappels triomphants !
Un peuple n'est déchu, qu'autant qu'il se résigne
A trouver du bonheur dans son abaissement,
Et, content de survivre, en sa mollesse insigne,

Sous l'œil de l'ennemi, s'endort imprudemment ;
Que la foule aux Eschine apporte son suffrage,
Et se laisse duper et trahir, sans émoi,
Et que chacun répète : « *Après nous le naufrage !*
Athènes vivra bien aussi longtemps que moi ! »

Loin de vous, chers Amis, ces lâchetés serviles !
Soyez plutôt *chauvins :* c'est plus sûr et plus fier :
L'amour de la patrie et les vertus civiles
Au cœur chaud du soldat, ont du moins un foyer !
Que n'a-t-on pas flétri sous ce nom, « *chauvinisme !* »
Ah ! vous ne savez point par quels ricanements,
A nos souhaits de gloire, insultait le cynisme
D'appétits déchaînés contre les sentiments !
Quel superbe dédain et quelles railleries
Accueillaient l'âme vierge, au club des beaux viveurs ;
Comme on vous reléguait au rang des vieilleries,
Patrie, honneur, travail, — passions de rêveurs ! —
Comme on s'affranchissait du devoir incommode,
Comme on changeait la vie en un large loisir,
Et la France nouvelle en Reine de la Mode,
Guidant le chœur joyeux des amis du plaisir !

Un beau jour, le château de cartes, par le faîte
S'écroulait, et jonchait la terre de débris ;

A l'étourdissement de l'enivrante fête
Succédait le réveil douloureux des esprits,
Le deuil, l'invasion, la honte, la ruine,
Les trahisons du sort, le fatal châtiment !
Alors, plus d'un comprit, se frappa la poitrine,
Et, tout régénéré, porta virilement,
Sur son dos aguerri, le sac du volontaire !
Français, il ne vit point son beau rêve accompli,
Mais apprit, aux leçons du malheur salutaire,
La suave douceur d'un grand devoir rempli !

Le devoir, tout est là ! mes Amis ; et la vie
N'a point d'autre bonheur pour ses enfants gâtés :
Tel, qui se dit heureux, ne peut voir sans envie
Un soldat souriant aux périls affrontés !

Que de fois, savourant les affres d'un long siége,
Dans l'obscure tranchée, on devisait sans bruit,
Arme au bras, ayant faim, et les pieds dans la neige.
L'arc-en-ciel des obus, illuminant la nuit,
Sur nos fronts patients mettait une auréole !...
« Le courage est facile et s'apprend sans effort ; »
Me répétait souvent un grave et doux créole,
Patriote de race, à l'œil fier, au cœur fort.
« Depuis que j'ai fait don de ma vie à la France,

Cette vie à mes yeux prend une autre valeur,
Et je me sens quelqu'un ; et j'aime la souffrance,
Qui retrempe mon âme et qui me rend meilleur !...
Que ferions-nous, ami, dans ces moments d'alarmes,
Hochant la tête, auprès des mères à genoux ?
Offririons-nous aussi l'aumône de nos larmes
Aux preux, qui voudraient bien se dévouer pour nous ?
Et puis, comment porter le deuil de la patrie,
Sans quelque cicatrice, ou quelque ride au front ?
Comment donner, ô France, à ta face meurtrie,
Le baiser filial, pour effacer l'affront ?...
Ayons donc pour abri le sacrifice austère,
Et non la lâcheté : la mort fait moins souffrir ! »

Or, Routier de Granval finit en volontaire,
Et ne vit le dernier combat, que pour mourir !

Amis, honneur à lui ! — Qu'il vous soit un exemple
De la mâle fierté qu'inspire un saint devoir.
J'en connais parmi vous plus d'un qui lui ressemble,
Et qui, le jour venu, saura le faire voir !
Mais, pour être demain bon soldat, homme libre,
Capable de remplir dignement ses destins,
Celui-là sait en soi maintenir l'équilibre
De la raison précoce et des fougueux instincts ;

Se complait aux soucis généreux de l'étude ;

Poursuit avec amour le vrai, le bien, le beau ;

Se faisant du travail une chère habitude,

Il choisit le devoir pour guide et pour flambeau !

Celui-là, jeunes gens, est modeste, et s'incline,

D'un cœur reconnaissant, devant le maître aimé ;

Sans frivole courroux contre la discipline,

Ne maudit point le mur qui le tient enfermé ;

Il va droit son chemin et jamais ne recule ;

Dédaigne l'envieux et se rit du moqueur ;

Et, ne connaissant point la peur du ridicule,

Applaudit le premier à son rival vainqueur !

Dans les jours moins heureux, l'idéal le console ;

Il accepte l'épreuve avec sérénité,

Et raffermit son âme, à ce noble symbole :

« Art, Science et Vertu, Patrie et Liberté ! »

A CHARLEVILLE

Des Presses de F. Devin et Cⁱᵉ

Imprimeurs

—

M DCCC LXXIX

A CHARLEVILLE

Des Presses de F. Devin et Cie

Imprimeurs

—

M DCCC LXXIX